Esprit Fantômes

© 2004 TF1 - Carrere Group/Safari de Ville
© Hachette Livre, 2004, pour la présente édition.
Novélisation : Vanessa Rubio.

Hachette Livre, 43, quai de Grenelle, 75015 Paris.

Le prisonnier du tableau

Il était une fois, tout au
fond des bois,
un étrange manoir...
Avec ses tours biscornues
et son toit tout pointu,
on dirait...
une maison HANTÉE !
Mais, rassurez-vous,
ses habitants
ne sont pas méchants.
Pas de monstres,
de vampires ou
de loups-garous,
juste une famille
un peu farfelue...

Laissez-moi vous présenter grand-mère Agathe.
C'est une mamie un peu spéciale, car sa passion, ce n'est pas le tricot, ni les mots croisés...
Non, pas du tout : grand-mère Agathe adore la magie. Elle a jeté sa télé par la fenêtre car elle voit beaucoup plus de choses dans sa boule de cristal : le passé, le futur et ce qui se passe à l'autre bout du monde.

Alice, elle, n'habite pas dans le manoir, mais elle vient souvent rendre visite à grand-mère Agathe, sa meilleure amie. C'est une sorcière, mais attention ! une gentille sorcière.

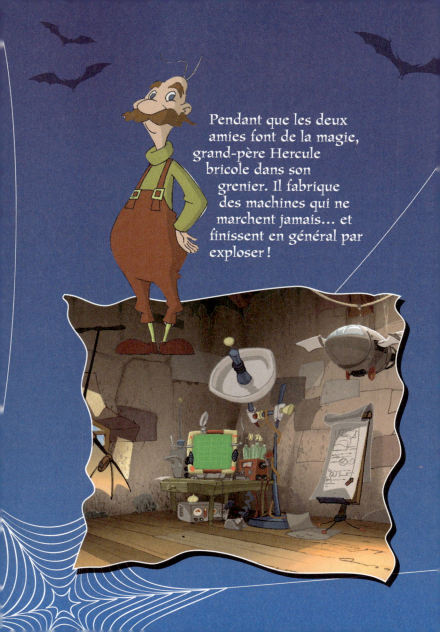

Pendant que les deux amies font de la magie, grand-père Hercule bricole dans son grenier. Il fabrique des machines qui ne marchent jamais… et finissent en général par exploser !

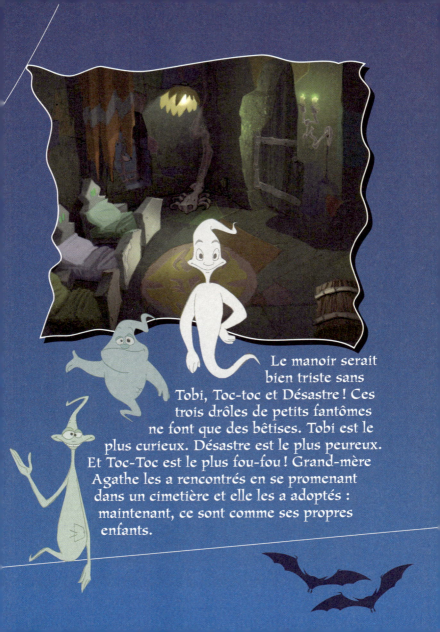

Le manoir serait bien triste sans Tobi, Toc-toc et Désastre ! Ces trois drôles de petits fantômes ne font que des bêtises. Tobi est le plus curieux. Désastre est le plus peureux. Et Toc-Toc est le plus fou-fou ! Grand-mère Agathe les a rencontrés en se promenant dans un cimetière et elle les a adoptés : maintenant, ce sont comme ses propres enfants.

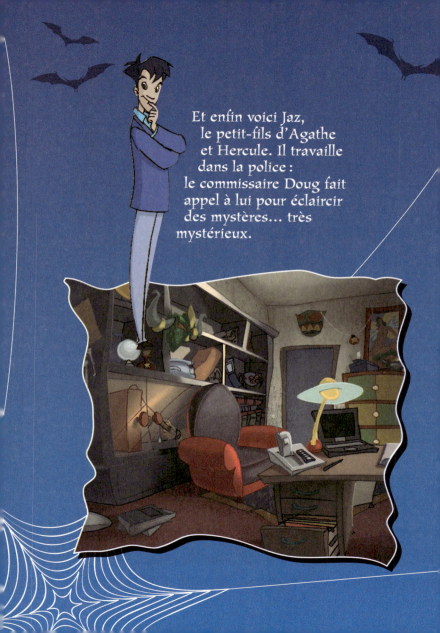

Et enfin voici Jaz, le petit-fils d'Agathe et Hercule. Il travaille dans la police : le commissaire Doug fait appel à lui pour éclaircir des mystères… très mystérieux.

Ah, j'allais oublier !
Quand Jaz a des ennuis,
il demande de l'aide à son
amie Lucie. Comme elle est
journaliste, elle est toujours
au courant de tout.
Ensemble, ils forment une équipe
de choc qui résout les énigmes les
plus énigmatiques !

Chapitre 1

Une petite promenade

Grand-mère Agathe pose un plat fumant sur la table. Aujourd'hui, elle a préparé de la purée d'araignées. En agitant sa petite clochette, elle crie :

— À taaaaable, les enfants. Vite, ça va refroidir.

Jaz et Lucie sont déjà installés devant leurs assiettes.

Lucie toussote et demande :

— Hum... C'est fait avec de vraies araignées ?

— Bien sûr ! répond grand-mère Agathe. De bonnes tarentules bien fraîches, ce n'est pas facile à attraper, d'ailleurs !

Toc-Toc et Tobi arrivent à toute allure.

Tobi se frotte le ventre.

— J'adore la purée d'araignées, c'est mon plat préféré.

— Mia-mia-miam ! s'exclame Toc-Toc.

— Mais où est passé Désastre ? s'étonne Lucie.
Grand-mère Agathe soupire :
— Il est avec Hercule. Ils sont enfermés dans le laboratoire depuis ce matin. Ils bricolent je-ne-sais-quoi.
Tobi prend la parole :

— Grand-père Hercule a inventé une super colle qui colle tout, mais elle ne marche pas très bien. Il doit encore l'améliorer. Toc-Toc fait la grimace.

— Désastre l'aide. Mais le pauvre, il a de la co-co-colle partout !

Jaz sourit.

— Sacré grand-père, il est terrible avec ses inventions !

— Oui, c'est souvent une vraie catastrophe ! dit Lucie en riant. Mais ça ne fait pas rire grand-mère Agathe.

— J'en ai assez qu'il passe son temps dans ce labo. J'aimerais

qu'on puisse aller se promener au cimetière ou dans la forêt, moi !
Juste à ce moment-là, le téléphone sonne. Vite, Toc-Toc file décrocher. Il crie :
— A-a-allô ? AAALLÔ ? Al-lô-lô-lô ? Alalalalô ?

Jaz lui arrache l'appareil des mains en lui faisant les gros yeux.

— Ah, bonjour, commissaire Doug. Excusez-moi, nous avons des petits problèmes de réception au manoir... Oui, bien sûr, pas de problème. J'y vais tout de suite.

Après avoir raccroché, Jaz revient à table et il explique :

— Il faut que j'aille faire un tour au château de Borak. Ce matin, le duc a trouvé tous ses tableaux décrochés des murs.

— Ça alors, c'est bizarre ! s'exclame grand-mère Agathe.

Jaz hoche la tête.

— Oui, surtout que rien n'a été volé...

Lucie s'écrie :

— Ça tombe bien ! Je voulais justement faire un article sur la collection d'œuvres d'art du duc de Borak. Je t'accompagne.

— O.K. ! fait Jaz. Et toi, grand-mère, tu veux venir avec nous ?

— D'accord, ça me fera une petite promenade. Et puis, j'adore les vieux châteaux. Surtout ceux où il se passe des choses bizarres...

— Parfait, on part après manger alors, décide Jaz.

Mais Tobi proteste :

— Et nous ? On aimerait bien venir aussi !

Jaz secoue la tête.

— Désolé, vous savez bien que je ne peux pas vous emmener. Vous allez rester ici avec grand-père.

— Oh non, pas ça ! s'exclament

en chœur les petits fantômes. Il va vouloir nous faire essayer sa colle !

Grand-mère Agathe va accompagner Jaz et Lucie chez le duc de Borak. Durant la nuit, tous les tableaux du château se sont décrochés du mur, bizarre…

Chapitre 2

Mystère au château

— Oh, c'est magnifique ! s'exclame grand-mère Agathe en entrant dans la propriété du duc de Borak. Regardez, ce parc immense, plein d'arbres et de fleurs ! Et le château avec ses grandes tours blanches !

C'est vrai que, vu de dehors, le château est très beau, encore plus beau que le manoir d'Agathe et Hercule. Mais à l'intérieur, quel bazar ! Tous les tableaux ont été décrochés du mur, les statues renversées par terre, les vases cassés : on dirait qu'un ouragan est passé par là. Le duc vient accueillir Jaz, Lucie et Agathe. Il soupire :

— J'ai trouvé la grande salle dans cet état ce matin. Je ne comprends pas ce qui s'est passé.

— Et rien n'a été volé ? demande Jaz.

Le duc secoue la tête.

— Non, tout est là.

— C'est bizarre, vraiment bizarre...

Jaz vérifie la lourde porte de bois et les fenêtres. Tout est bien fermé, personne n'a pu entrer.

— Si vous voulez mon avis, il y a

du fantôme là-dessous, affirme grand-mère Agathe.

Jaz lui lance un regard noir. Il chuchote :

— Chut, grand-mère ! Tu vas lui faire peur !

Et à voix haute, il reprend :

— Ne vous inquiétez pas, monsieur le duc. J'ai l'habitude de résoudre ce genre de mystères, faites-moi confiance.

Levant la tête, Lucie remarque :

— Tiens, c'est étrange ! Il ne reste qu'un seul tableau accroché au mur.

— Il s'agit de la duchesse Isabelle, lui explique le duc de

Borak. La femme de mon ancêtre, Philippe de Borak, dont voici le portrait.
Lucie le regarde : il représente un homme en costume d'autrefois avec un grand chapeau à plume.
Puis elle soulève un autre

tableau, tombé à terre. C'est encore un portrait d'homme. Il est habillé comme le premier, mais il a un visage sombre et menaçant.

— Et celui-ci, qui est-ce ? demande-t-elle. Il n'a pas l'air commode.

Le duc de Borak soupire :

— Non, en effet. C'est Henri de Borak. Il était aussi amoureux d'Isabelle, mais elle a préféré épouser son frère, Philippe. Henri s'est alors enfui en jurant de se venger... et on ne l'a jamais revu.

— Quelle triste histoire,

commente grand-mère Agathe, les larmes aux yeux.
Jaz a tout noté dans son petit carnet. Il propose alors :
— Pourriez-vous nous faire visiter le reste du château, s'il vous plaît, monsieur le duc ?
— Bien entendu, venez.

Jaz, Lucie et Agathe suivent le duc dans le grand escalier de marbre qui mène au premier étage du château.

Une fois qu'ils sont partis, deux silhouettes sortent de derrière une vieille armure. Voilà Toc-Toc et Tobi bien sûr !

Ils se sont cachés dans le coffre de la voiture pour venir jusqu'au château.

Toc-Toc ronchonne :

— On n'a pas eu de dessert. J'ai un petit creux, moi. Pa-pa-pas toi ?

— Chut, Toc-Toc. Tu vas nous faire repérer, murmure Tobi.

Viens, on va chercher de quoi grignoter.

Et sans bruit, les petits fantômes se faufilent dans les grandes cuisines du château.

C'est très étrange : la grande salle du château de Borak a été dévastée, mais rien n'a été volé. Jaz mène l'enquête... sans savoir que Toc-Toc et Tobi l'ont suivi.

Chapitre 3

Les petits gourmands

Le cuisinier du château est en train de préparer un bon dessert. En sifflotant, il nappe une grosse glace avec de la crème.

— Tra la la, la li, et voilà plein de chantilly !

Cachés sous la table, Toc-Toc et Tobi en ont l'eau à la bouche.

— Miam, ça a l'air dé-dé-délicieux !

Toc-Toc ne peut pas résister. Zip ! Il s'empare de la coupe de glace pendant que le cuisinier a le dos tourné.

Sans se douter de rien, le pauvre homme chantonne :

— Et pour finir, un petit coulis de chocolat... La, la, la !

Voyant que sa glace a disparu, il s'arrête et se frotte les yeux.

— Mais... ça alors ! J'avais bien posé ma glace sur la table... Bon, j'ai dû rêver.

Il reprend alors son travail et se retourne face au fourneau pour faire des crêpes.
Toujours cachés sous leur table, les petits fantômes l'observent.
— Mmm, des crêpes ! J'adore ça, murmure Tobi.
Le cuisinier casse les œufs dans

un grand saladier. Il verse le lait et la farine, mélange avec le beurre. Puis il touille, touille et retouille.

— Ça me donne une faim de lou-lou-loup ! chuchote Toc-Toc. Alors le cuisinier prend une poêle bien chaude et y verse la pâte. Il attend que la crêpe cuise, et hop là ! d'un mouvement de poignet, il la fait voler dans les airs pour la retourner.

Toc-Toc renifle.

— Ça sent trop bon-bon-bon ! Tobi est obligé de le retenir par le bout de son drap de fantôme.

— Arrête, il va te voir !

Les belles crêpes dorées s'empilent dans une assiette posée sur le fourneau.

C'est trop pour ce gourmand de Toc-Toc.

— Il faut que j'en goûte une. Ju-ju-juste une !

Le petit fantôme s'élance et attrape une crêpe au vol.

— Miaaaam !

Le cuisinier sursaute et lâche sa poêle.

— *Mama mia !* Qu'est-ce que c'est que ça ?

Terrorisé, il recule, renversant saladier, cuillère, œufs et farine. Quel gâchis !

— Au secours ! Un fantôôôme ! crie-t-il en s'enfuyant à toutes jambes dans le parc du château.

— Ah, c'est malin ! bougonne Tobi. Jaz va être furieux s'il s'aperçoit qu'on l'a suivi.

Toc-Toc a un peu honte. Il avale le reste de sa crêpe tout rond.
— T'inquiète, Tobi. Le cuisto-to-to, il est pa-pa-parti !
— Oui, mais il vaut mieux se cacher, maintenant.
— Où tu veux qu'on se ca-ca-cache ?

— Par ici, viens ! Comme ça, tu pourras manger à ta faim.

Tobi entraîne Toc-Toc dans le réfrigérateur. Ils s'installent bien confortablement sur une étagère et commencent leur festin. Gâteau, poulet, fromage ! Dans le frigo du château, il y a tout ce dont un petit fantôme peut rêver.

Toc-Toc et Tobi ont fait peur au cuisinier du château, maintenant, ils sont obligés de se cacher dans le frigo...

Chapitre 4

Le tableau ensorcelé

Sans savoir que Toc-Toc et Tobi font des bêtises dans la cuisine, Jaz, Lucie et Agathe continuent la visite du château. Ils explorent les moindres recoins, à la recherche d'un indice. En fouillant dans l'immense bibliothèque, grand-mère Agathe découvre un vieux livre poussiéreux qui raconte l'histoire de la famille de Borak.

— Voyons quels secrets cache ce magnifique château...

Agathe tourne les pages et soudain pousse un cri :

— Oh non, c'est affreux !

Jaz, Lucie et le duc la rejoignent en courant.

— Que se passe-t-il, grand-mère ? s'inquiète Jaz.

— Ce livre raconte que, le jour du mariage d'Isabelle, Henri de Borak s'est fait enfermer dans un tableau par un procédé magique.

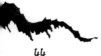

Il devait en ressortir trois cents ans plus tard pour se venger de la famille de son frère.

— Trois cents ans..., bafouille le duc. Ça tombe donc cette année ! Vous voulez dire qu'Henri est sorti du tableau pour hanter mon château ?

Agathe lui pose la main sur l'épaule.

— Ne vous inquiétez pas, le livre précise qu'il n'a le droit de sortir de la peinture qu'à la nuit tombée.

— Mais... mais justement, le soleil vient de se coucher !

Vite, ils descendent dans la grande salle pour vérifier... Le tableau est vide ! Henri de Borak est sorti de la toile et erre dans le château !

Le duc est vert de peur.

Jaz tente de le rassurer :

— Pas de panique : les fantômes, ça nous connaît. Allez vous

coucher, nous monterons la garde pendant que vous dormez.
Agathe hoche la tête.
— Je vais dans la bibliothèque. Je voudrais trouver d'autres renseignements sur ce tableau magique.
— Moi, je resterai devant la

porte de votre chambre,
annonce Jaz.

— Et moi, je surveille le rez-de-chaussée ! complète Lucie.
Chacun s'installe donc à son poste avec une lampe-torche pour une longue nuit de garde.

Grand-mère Agathe a découvert qui hante le château : c'est un fantôme sorti d'un tableau et qui veut se venger...

Chapitre 5

Le Fantoglu

Pendant ce temps, au manoir, grand-père Hercule est toujours enfermé dans son laboratoire.
— Alors, qu'est-ce que tu en penses, Désastre ? Ça colle ?
Le pauvre petit fantôme a les

mains pleines de pâte verte toute poisseuse.

— Non, ça ne colle pas. Par contre, c'est gluant. Beurk !

Hercule fronce les sourcils.

— Saperlipopette ! Je ne comprends pas pourquoi ça ne fonctionne pas.

En cherchant dans ses étagères, il marmonne :

— Voyons... Je vais rajouter du concentré de bave d'escargot extracollant !

Et il vide une fiole de liquide vert dans sa mixture.

— Voilà. Allez, fiston !

Désastre mélange avec soin.

— Grand-père, c'est trop liquide. Ça ne marchera jamais ! Hercule se gratte la tête, puis il lui tend un bocal plein de poudre jaune.
— Tiens, de la farine d'amanite tue-mouches. Attention, n'y touche pas, c'est un champignon

vénéneux ! Mais ça devrait épaissir le tout.

Cette fois, Désastre a du mal à tourner la mixture avec sa cuillère.

— C'est bon, grand-père ! Je crois que ça colle !

À l'aide d'un entonnoir, il verse le mélange dans un grand pistolet à eau. Puis avec, il vise une mouche. La bestiole s'arrête, figée en plein vol.

— Youpi, on a la bonne formule ! s'exclame grand-père Hercule. Maintenant, il faut lui trouver un nom, à cette invention. La Collette ? La Collahercule ?

— La colle à mouches ? propose Désastre.

— Pas terrible... Mais pourquoi tu caches ta main derrière ton dos ?

— Euh... pour rien, bafouille le petit fantôme.

— Fais voir.

Désastre sort sa main de derrière son dos. Elle est restée collée à l'entonnoir ! Il a beau la secouer, impossible de la détacher.

Grand-père Hercule éclate de rire.

— Ne t'en fais pas, j'ai un antidote. Mais tu m'as donné une idée. On va l'appeler le Fantoglu ! T'es le meilleur, fiston !

Alors que Désastre ronchonne, le téléphone sonne.

— Réponds, grand-père. Moi, je ne peux pas, ma main va rester collée au téléphone.

— Tu as raison, fiston. Allô ?...

Oui, ma chérie, ici, tout va bien.
Et toi ?... Tu as un problème...
Tu veux que je t'amène ta boule
de cristal ? Pas de problème, je
saute dans mon Herculomobile
et j'arrive !
En raccrochant le téléphone,
grand-père Hercule annonce :

— Vite, Agathe a besoin de moi, je vole à son secours ! J'emmène le Fantoglu, on ne sait jamais. Toi, tu gardes le manoir, Désastre. Et pas de bêtises, compris ?

— Mais... euh... NON ! Je ne veux pas rester tout seul !

proteste le petit fantôme. En plus, il fait tout noir et puis il y a de l'orage et...

Mais c'est trop tard, grand-père Hercule est déjà parti à bord de son super bolide.

Grand-mère Agathe a appelé grand-père Hercule pour qu'il lui amène sa boule de cristal. Il se passe des choses étranges au château de Borak !

Chapitre 6

Panique au château

Un éclair déchire le ciel. Le tonnerre gronde. Une nuit d'orage dans un château hanté, ce n'est vraiment pas rassurant... même pour un petit fantôme. Toc-Toc et Tobi sont blottis l'un contre l'autre dans le réfrigérateur du château quand soudain un cri déchire la nuit.

— Lucie ! s'écrie Tobi. Il lui est arrivé quelque chose…

— À l'attaque, tac ! tac ! On va la sauver ! décide Toc-Toc.

N'écoutant que leur courage, les deux fantômes sortent de leur cachette. Ils filent dans la grande salle du château… où ils tombent nez à nez avec Jaz.

Il a vraiment l'air furieux de les trouver là.

Toc-Toc devient tout rouge.

— Tiens, bon-bon-bonsoir…

Jaz pose les poings sur ses hanches.

— Tobi ! Toc-Toc ! Qu'est-ce que vous faites ici ?
— Euh… c'est-à-dire que…
— Bon, on règlera ça plus tard. Avant tout, il faut retrouver Lucie.
— Oui, on l'a entendue crier, explique Tobi.

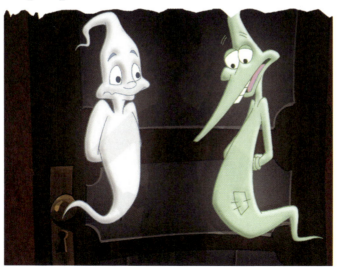

Jaz hoche la tête.

— Moi aussi. Je suis venu aussi vite que j'ai pu, mais elle avait disparu !

Grand-mère Agathe dévale l'escalier, affolée.

— Qu'est-ce qui se passe ?

— Lucie a disparu, dit Jaz. Je crois que le fantôme l'a enlevée.

— C'est terrible ! Je m'en doutais, il a dû la prendre pour Isabelle, sa bien-aimée.

Jaz hoche la tête en regardant le portrait d'Isabelle.

— C'est vrai qu'elles se ressemblent un peu.

Agathe se tord les mains.

— Oh, là, là ! Qu'est-ce qu'on va faire ? Pauvre Lucie, il me faudrait ma boule de cristal pour la retrouver !

Juste à ce moment-là, un grincement sinistre retentit. La grande porte du château

s'entrouvre... Une silhouette se faufile à l'intérieur.

Jaz bondit pour capturer le fantôme.

— Mais... mais au secours ! proteste une voix qu'il connaît bien.

Jaz s'écarte pour laisser le « fantôme » se relever. C'est grand-père Hercule !

— Ben alors, on essaie d'assommer son grand-père ? bougonne-t-il.

En se frottant la tête, il ajoute :

— Livraisons Hercule-express, quelqu'un a commandé une boule de cristal, ici ?

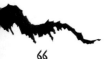

Grand-mère Agathe lui saute au cou.

— Oh, merci, mon chéri ! Tu tombes à pic. Lucie a été enlevée. Je vais essayer de la localiser.

Dans sa boule de cristal, Agathe voit que le fantôme d'Henri de

Borak a emmené Lucie dans les caves du château.

— Elle va bien, annonce Agathe, mais il faut se dépêcher. Le sous-sol est un vrai labyrinthe, on y accède par la cuisine et...

Jaz décroche une épée du mur en annonçant :

— J'y vais, il faut rattraper ce monstre et délivrer Lucie.

Et sur ce, il part en courant.

— Je veux y aller aussi ! affirme Tobi. Nous, les fantômes, on peut passer à travers les murs, c'est pratique dans un labyrinthe !

Grand-mère Agathe secoue la tête.

— Oh non ! C'est trop dangereux, mon petit chéri.
Grand-père Hercule sort alors de sa sacoche un drôle d'engin tout poisseux. Il le tend aux petits fantômes.

— Ne t'inquiète pas, Agathe. Je vais leur prêter mon pistolet à Fantoglu. Comme ça, ils pourront se défendre.

Sans plus attendre, Toc-Toc et Tobi filent dans les sous-sols du château, armés de l'invention d'Hercule.

Le fantôme d'Henri de Borak a enlevé Lucie car il la prend pour Isabelle, sa bien-aimée d'autrefois ! Il l'a emmenée dans les sous-sols du château. Jaz et les petits fantômes se sont lancés à sa poursuite...

Chapitre 7

Dans les sous-sols du château

Son épée à la main, Jaz s'enfonce dans le souterrain du château. Il entend Lucie crier, mais sa voix résonne comme dans une grotte. Impossible de savoir d'où elle vient...

Tout à coup, Jaz s'arrête. Il tend l'oreille. Des pas, il a entendu des pas !
Guidé par ce bruit, il tourne dans un couloir et se retrouve face à face avec le fantôme !
Henri de Borak porte Lucie dans ses bras et l'empêche de se débattre.

— Halte, fantôme ! Lâche-la tout de suite, ordonne Jaz en brandissant son épée.
Le fantôme se retourne en ricanant :
— Et tu crois que je vais t'obéir. Tu t'imagines peut-être que tu me fais peur, petit ?

Alors Henri de Borak tire lui aussi son épée. Lucie en profite pour s'échapper.
Jaz hurle :
— Vite, cours, Lucie ! Va-t'en !
— Mais... et toi ?
— Ne t'inquiète pas pour moi, cours !

Lucie s'enfuit tandis que Jaz affronte le fantôme à l'épée. Mais notre pauvre Jaz n'a pas l'habitude de se battre en duel. Henri de Borak l'oblige à reculer, reculer, reculer...
Jaz se retrouve dos au mur. Il

trébuche, tombe à la renverse, et se cogne la tête.

— Ha, ha ! gronde le fantôme. Alors, qui est le plus fort, dis-moi ?

Jaz ne répond pas, il est assommé.

— Fais de beaux rêves ! Moi, je m'en vais retrouver mon Isabelle, annonce Henri de Borak en détalant.

Jaz s'est battu avec Henri de Borak pour libérer Lucie. Mais le fantôme a réussi à l'assommer, il est à la poursuite de sa bien-aimée !

Chapitre 8

De vrais héros !

Henri de Borak connaît parfaitement les sous-sols du château. Il n'a aucun mal à rattraper Lucie.

— Ah, te voilà, ma mie ! s'exclame-t-il. Ce n'est pas gentil

de m'abandonner comme ça.
Aurais-tu peur de moi, Isabelle ?

Lucie est terrorisée, elle essaie de gagner du temps, tout en reculant pas à pas.

— Non, messire... Mais je ne m'appelle pas Isabelle...

Le fantôme ne semble même pas l'entendre. Il poursuit :

— Dans mes bras, ma belle. J'attends ce moment depuis trois siècles.

Il s'approche de Lucie pour l'embrasser, mais juste à ce moment-là, Tobi et Toc-Toc arrivent, brandissant le pistolet à colle d'Hercule.

— Bas les pa-pattes ! ordonne Toc-Toc.

Tobi appuie sur la gâchette, et Henri de Borak se retrouve couvert de Fantoglu de la tête aux pieds. Il est collé sur place, il ne peut plus bouger !

Jaz, qui s'est enfin réveillé, accourt en criant :

— Lucie, Lucie, ça va ?

— Oui, mais pour une fois, tu arrives après la bataille. Les deux petits fantômes m'ont sauvé la vie.

Jaz se frotte la tête.

— Qu'est-ce que c'est que cette histoire ?

Tobi sourit.

— Oui, on a arrêté cet affreux bonhomme grâce à la nouvelle invention de grand-père Hercule.

— Le Fantoglu-glu-glu ! précise

Toc-Toc. Ça co-co-colle trop bien.

— Ça alors ! s'exclame Jaz. Vous êtes vraiment incroyables !
Tobi hoche la tête.

— Ouais, quand on va raconter ça à Désastre, il ne voudra jamais nous croire !

Toc-Toc volette autour du fantôme plein de colle.

— Tu fais moins le ma-ma-malin, maintenant.

Il lui tire la langue, mais Henri de Borak ne réagit pas.

— Ça alors, on dirait une statue.

— Comme ça, il ne fera plus jamais de mal à personne, conclut Lucie.

Tobi et Toc-Toc ont réussi à sauver Lucie grâce à l'invention de grand-père Hercule. Un coup de Fantoglu et le méchant fantôme s'est retrouvé changé en statue !

Chapitre 9

Le maléfice est brisé

De retour au manoir, Toc-Toc et Tobi sont très fiers de raconter leurs exploits à leur copain Désastre.

— On était en mission secrète, affirme Tobi.

Toc-Toc mime la scène.

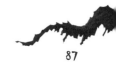

— Ouais, tu vois, on a tiré avec le Fantoglu et le mé-mé-méchant, il a pris la colle en pleine tête.

— Et paf ! Il s'est changé en statue, ajoute Tobi.

Désastre écarquille les yeux.

— Ça alors, vous êtes drôlement forts. Moi, à votre place, j'aurais eu trop peur.

— Ouais, on est les super fantômes justiciers ! s'exclame Tobi.

Grand-père Hercule les arrête.

— Eh là, une minute ! Vous n'auriez pas réussi à arrêter Borak sans mon pistolet à Fantoglu.

Grand-mère Agathe serre
Hercule dans ses bras.
— C'est vrai, ça. Heureusement
que tu leur avais prêté ton
invention, mon chéri.
— Ah, tu vois que j'invente des
choses utiles parfois.
Jaz les regarde, amusé.

— Mais vous oubliez une chose, c'est que Désastre a aidé grand-père Hercule à fabriquer le Fantoglu.

Lucie embrasse le petit fantôme.

— Oui, c'est un peu grâce à lui si je suis encore en vie !

Désastre rougit. Il n'a pas l'habitude des compliments. Pour changer de sujet, il demande :

— Mais alors, qu'est-ce qu'il est devenu, ce vilain fantôme ?

Jaz éclate de rire.

— Oh, il se rend utile au château. Le duc l'a transformé en portemanteau !

Tobi t'explique les mots compliqués :

La **tarentule** est une sorte d'araignée.

Des **œuvres d'art**, ce sont des peintures, des sculptures, des dessins...

Un **ouragan**, c'est une tempête.

Un **ancêtre**, c'est quelqu'un de la même famille qui a vécu il y a très longtemps, un arrière-

arrière-arrière grand-père, par exemple.

Un **portrait**, c'est un tableau, un dessin, une photo qui représente une personne.

Le **marbre** est une pierre qu'on utilise pour les sculptures ou les châteaux.

Un **fourneau**, c'est l'endroit où l'on faisait cuire les plats autrefois.

Mama mia !, ça veut dire « maman ! » en italien.

Un **festin**, c'est un grand repas où on se régale.

Un **siècle**, ça représente cent ans.

Poisseux, ça veut dire gluant, collant.

Se battre en duel, c'est se battre seul contre son ennemi à l'épée.

Dans l'ancien temps, on disait « **ma mie** » au lieu de « ma chérie ».

Esprit Fantômes

Intrigues, suspens, éclats de rires et frissons au programme !

Si tu as aimé "Le prisonnier du tableau", tu aimeras aussi "Le livre magique", "Le voleur de fantômes" et "La statuette ensorcelée".

 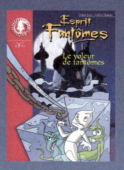 

Vu à la télé !

Table

Une petite promenade 13

Mystère au château 23

Les petits gourmands........................ 33

Le tableau ensorcelé 43

Le Fantoglu 51

Panique au château 61

Dans les sous-sols du château 73

De vrais héros ! 79

Le maléfice est brisé 87

Tobi t'explique les mots
compliqués 92

Imprimé en France par *Partenaires-Livres*® JL
dépôt légal n° 63320 - septembre 2005
20.20.0960.03/3 – ISBN 2-01-200960-3
Loi n° 49-956 du 16 juillet 1949
sur les publications liées à la jeunesse